Thomas Opfermann (Hrsg.)

Blütenlese 2024

Kurzgeschichten

Bibliografische Information der Deutschen
Nationalbibliothek:
Die Deutsche Nationalbibliothek verzeichnet diese Publikation in der Deutschen Nationalbibliografie; detaillierte bibliografische Daten sind im Internet über
http://dnb.dnb.de abrufbar.

© 2024 Thomas Opfermann
Herstellung und Verlag: BoD – Books on Demand,
Norderstedt
ISBN: 9783757883713

Inhalt

Vorwort

Liebe Leserinnen und Leser,

Sie finden in diesem Buch 18 Texte, die im Rahmen der Literatur-Fernkurse „Kurzgeschichten – Von der Idee bis zur Publikation" und „Kreatives Schreiben" im 2. Halbjahr 2023 entstanden sind.

Sechs Autorinnen und Autoren präsentieren, wie vielfältig das Genre der Kurzgeschichte sein kann: spannend, amüsant, fantastisch ... Ob Krimi oder Drama des Alltags, jede der hier versammelten Kurzgeschichten hat ihren eigenen Reiz.

Mit großer Freude habe ich als Herausgeber dieser Anthologie die einzelnen Geschichten zusammengestellt, verbunden mit dem Wunsch, dass alle Beteiligten dem Schreiben treu bleiben und weitere Kurzgeschichten verfassen.

Ich freue mich auf die Resultate!

Stolberg, Januar 2024
Thomas Opfermann

Kommissar Bechtel

Raffaella Elia

Kommissar Bechtel war auf dem Heimweg kurz beim *Pussycat* (einem Lokal im Rotlichtviertel) vorbeigefahren, um dem Barmann das ominöse Video zu zeigen. Das Goethe Gymnasium hatte ihn an diesem Morgen wegen eines Videos gerufen, auf dem nackte Hintern zu sehen waren, welches anonym an die Schule geschickt worden war. Im Hintergrund hatte der Kommissar das Lokal erkannt. Leider hatte der Barmann nichts gesehen, sondern dem Kommissar nur einen Bierdeckel mit Initialen gegeben: M.A.

Es war ein langer Tag gewesen und Kommissar Bechtel freute sich, heimzukommen. Leider musste er erst einen Parkplatz suchen und dabei regte er sich darüber auf, dass die geplante Erweiterung des naheliegenden Parkhauses noch nicht begonnen hatte. Außerdem hatte er Rückenschmerzen, weil das Chassis seines Sportwagens zu hart für den kaputten Straßenbelag seiner Stadt war.

In der Wohnung legte er alles ab und begann zu kochen. Er hatte Hunger und wusste, dass er beim

Essen oft Klarheit über die laufenden Ermittlungen bekam.

In einer Pfanne briet er zwei Heringe kurz an und, als er sie zum Salat legen wollte, sah er eine Ameise auf der Arbeitsplatte. Er erschrak so sehr, dass er sich fast einen Finger an der heißen Pfanne verbrannt hätte. Er konnte Ameisen nicht leiden. Er lief einmal im Raum herum, um sich zu beruhigen, dann beseitige sie sie, richtete sich ein Brett mit zwei Scheiben Brot und setzte sich zum Essen hin. Dabei fiel ihm ein, dass sein Neffe ihm neulich etwas über dumme Streiche an seiner Schule (dem Goethe Gymnasium) erzählt hatte. Das war es! Er würde ihn am nächsten Tag dazu befragen. Jetzt konnte er in Ruhe sein Abendessen genießen.

Der Fall

Daniela Hauer

Er wollte schreien, aber er schaffte es nicht. Die Angst schnürte ihm die Kehle zu. Seine Füße baumelten über dem Abgrund, und seine Arme fühlten sich an, als würden Sie im nächsten Moment absterben. Es geht nicht mehr. Es ist aus. Ich falle!

Wie viele Gedanken und Geistesblitze können in einem solchen Moment durch das zarte Netz aus Synapsen schnellen? All die Erfahrungen von Geborgenheit, die Stimmen, das stetige auf & ab – alles bis hierher gut gegangen.

Die Fallgeschwindigkeit fühlte sich übernatürlich an, er wusste nicht was und wie ihm geschieht.

Eiskalt. Grell. Hellwach.

Alarmiert schrie er aus Leibeskräften, die ihm zur Verfügung standen. Mehr als Ausdruck des Unfassbaren, des Unbekannten als aus Hoffnung. Es ging in rasantem Tempo weiter – neue Eindrücke verkörpert als Berührung an den Zehen. Seltsam.

Ruhe.

Das allererste Mal in seinem jungen Leben spürte er sein eigenes Körpergewicht, seine Haut berührte ein neues Medium. Und da: Haut auf Haut. Der Atem beruhigt sich.

Beides vereint: Geborgenheit und Fremde. Später wird aus allem Fremden unbändige Neugier entstehen. Seufzend schlief er in den Armen seiner Mutter ein. Die Hebamme drapierte erneut die Decken und dimmte das Licht.

Ach, Charlie …

Margit Jahrstorfer

„Charlie, mach, was und wie du willst, ich hab momentan keinen Kopf dafür." Beate setzte sich ächzend auf den Hocker neben dem Telefon.

„Bea, das geht nicht, was fällt dir ein, das Institut ruft dich heute noch an. Kommt nicht in Frage, dass du dich drückst und hinterher meckerst."

„Charlie, bitte!" Beate wischte sich mit dem Ärmel die Tränen vom Gesicht. „Ich kann einfach nicht, es ist mir sowas von egal."

„Verdammt nochmal, es kann dir doch nicht egal sein, wie, wo und wann unsere Mutter beerdigt wird!"

Beate hielt den Hörer vom Ohr weg, damit Charlies wütende Stimme nicht noch ihren Tinnitus verstärkte.

„Charlie, bitte, ich kann wirklich nicht", schluchzte sie.

„Was ist denn plötzlich in dich gefahren? Über die Bestattungsformalitäten zu entscheiden ist doch Sache von uns Geschwistern gemeinsam! Ich mach das nicht alleine! Was ist los mit dir? Du heulst doch nicht wegen Mutter so heftig? Wir wussten es doch, in ihrem Alter, haben uns ruhig von ihr verabschiedet. Was ist los?"

„Ach, Bruderherz, hörst du mir auch richtig zu?"

„Ja klar doch, was sonst?" Er klang irritiert.

„Also gut. Ich jammere nicht, sondern teile dir nur die Fakten mit." Beate atmete tief durch. „Mein gebrochenes Bein heilt nicht, ich laufe seit drei Monaten mit Krücken, habe elendigliche Schmerzen, schlafe sehr schlecht und seit ich aus der Reha zurück bin oben im Gästezimmer, da Theo mein Bett dem Hund überlassen hat, während ich weg war. Er will ihn dort haben, mich nicht. Heute Früh hat er mir mitgeteilt, dass er sich von mir trennt, weil er jemand anderen kennen gelernt hat. Ich soll ausziehen, er will das Haus, er schmeißt mich also raus. Wohin soll ich denn? Und jetzt noch das mit Mutter und die vielen Entscheidungen wegen der Beerdigung. Mein Chef macht auch Druck. Ich soll zum Gesundheitsamt, weil ihm der lange Krankenstand nicht passt. Ich bin fix und fertig und will mich nur noch verkriechen." Beates Stimme war leiser geworden, sie lehnte den Kopf an die Wand und schloss die Augen. „Bitte, Charlie!" Sie hoffte, ihr Bruder würde wenigstens die Organisation der Beerdigung alleine übernehmen, ganz abgesehen von der Wohnungsauflösung.

Kurze Pause bei Charlie, dann: „Bea, bist du zu Hause?"

Typisch Charlie. „Na klar, du telefonierst ja auf dem Festnetz mit mir."

„OK, dann bleib auch dort." Er legte auf.

Beate seufzte und blieb auf dem Hocker neben dem Telefon im Flur sitzen. Es war egal, wo im Haus sie sich aufhielt, sie konnte sowieso nichts tun. Wozu auch? Sie sollte ja gar nicht mehr hier sein, doch wohin? Wohin? Und Charlie war keine Hilfe, eher lästig. Wie immer, wenn es etwas zu entscheiden galt. Die Tränen flossen wieder.

Beate wusste nicht, wie lange sie so gesessen hatte, als die Haustürglocke anschlug. Egal. Nochmal. Egal. Dann meldete sich das Telefon. Charlies Handynummer.

„Mach schon die Tür auf!"

Er trug zwei große Koffer in den Flur. „Ich packe jetzt deine Sachen, du kommst mit zu uns. Du kannst nicht hier bei dem Dreckskerl Theo rumhängen. Ich hab schon Fabians Kanzlei angerufen, der wird das für dich übernehmen. Bei uns bekommst du deine Ruhe, wirst versorgt und die Sache mit Theo wird zu deinen Gunsten geregelt werden. Fabian kriegt das hin, das kannst du mir glauben."

Die Flut

Paul Koglin

Er konnte nicht glauben, was er da gerade sah, als er aus dem Fenster des zweiten Stocks auf die Straße schaute. Wassermassen schossen an ihm vorbei. Mit ungeheurer Wucht nahmen sie alles mit, was im Wege stand. Ein roter Container wurde fortgerissen, bahnte sich unaufhaltsam den Weg im reißenden Strom. Strom? Hier floss doch sonst die sanfte, leise und zahme Erft, nicht weit weg von ihrer Quelle in der Eifel. Ein Bächlein. In der Ortsmitte eingemauert in grobes Gestein, geleitet durch das Zentrum von Bad Münstereifel.

Seit einigen Jahren stolzer Outlet Ort. Die pittoreske Altstadt erhalten und neu belebt durch Geschäfte bekannter Marken, die Besucher in das kleine Städtchen lockten.

Die Natur wehrte sich mit ihren Waffen. Mit Flut. Zeichen des menschengemachten Klimawandels. Sonst bemerken, erleiden ihn andere, zumeist weit weg von uns auf anderen Kontinenten. Aber hier? Ein solches Unwetter hatte Andreas von Bredow in diesen Breiten, in seiner Heimat, noch nicht erlebt.

Als er aus dem Haus, das sein Urgroßvater vor gut hundert Jahren hatte bauen lassen, immer noch ungläubig, ängstlich und geschockt auf die Erft starrte, auf den reißenden Strom da unten, dachte er an die Erft, wie er sie kannte seit seiner Jugend. Der Fluss seiner Heimat. Im Rheinischen Braunkohlenrevier. Gewachsenes und prosperierendes Industrieland zwischen Köln und Aachen. Und er dachte daran, wie die Erft genutzt, verlegt, ihr Lauf begradigt, verändert, angepasst und denaturiert wurde. Aber auch missbraucht, in Rohren unterirdisch verschwand. Mit warmem, abgepumptem Grundwasser aus den tiefen Gruben gespeist und in den Rhein geleitet. Die Erft: Sklavin des Braunkohleabbaus im Rheinischen Revier. Ihre Dienerin. Ließ alles mit sich machen. Bis heute?

Und er hatte den Horizont im Westen von Köln vor Augen: Die mächtigen Kühltürme der Kraftwerke Frimmersdorf, Neurath und Niederaußem mit ihren grauweißfarbigen, dicken Rauchschwaden, die Kathedralen gleich in den Himmel wuchsen und sich mit den Wolken vermischten. Keine gotischen Kreuze, die gen Himmel strebten wie die beiden Turmspitzen des Kölner Doms in Sichtweite der mächtigen Kühlschornsteine. Dem Wettbewerber um die Lufthoheit, dem Wahrzeichen Kölns, seit fast tausend Jahren.

Ist diese Sintflut da unten eine Antwort, ein Zeichen des Schöpfers? Auf den massenhaften Ausstoß von CO_2 der Kohlekraftwerke des Rheinischen

Reviers? Hat es dieses Mal einen der größten Verursacher von Erderwärmung und Klimawandel in Deutschland getroffen? Belegte Ursache und zufällige Auswirkung an diesem Ort?

In seiner Heimat! Mit den künstlichen Abraumbergen. Umgeschichtet von Menschen und Maschinen in neu geschaffene Seen, rekultivierte Landschaften, umgesiedelte Orte und ausgesiedelte Gehöfte. Verschwundenen, gerodeten Wäldern, umgeleiteten Flüssen und mit tausenden verpflanzten Menschen. Schicksal des Guts seiner Vorfahren, das dem Braunkohleabbau zur Stromerzeugung für den Wiederaufbau nach dem Krieg weichen musste.

Schließlich kam ihm das Marienfeld und der Papsthügel in den Sinn, dem vom deutschen Papst Benedikt XVI. geweihten Berg anlässlich des hier gefeierten Weltjugendtags 2005. Aufgeschüttete, rekultivierte und gesegnete Erde. Auf und über einem früheren Wallfahrtsort, der abgebaggert wurde.

Aus den Etagen unter ihm hörte er plötzlich ein krachendes, und berstendes Geräusch, begleitet von einem erschreckten Aufschrei. Mit einem Schlag erlosch das Licht. Die plötzliche Finsternis hier drinnen machte das Geschehen da draußen noch bedrohlicher, noch unwirklicher. Offensichtlich war nicht nur er in dieser nächtlichen Stunde im Haus, sondern auch die Ladenbetreiber des Sportartikelherstellers. Andreas von Bredow kramte sein Handy aus der Hosentasche und schaltete die Taschenlampenfunktion ein. Dabei poppten die Links mit den ersten Meldungen über die verheerende Flut auf. Überschwemmung, Verwüstung, Verzweiflung, Zerstörung und Tod, vor allem im Ahrtal. Er hatte aber keine Zeit, sie jetzt zu lesen, eilte aus seiner Wohnung und lief hinunter, um zu nachzuschauen, was die Wassermassen dort angerichtet hatten.

Drachensteigen

Julia Materna

Wenn sie die Augen ganz fest zusammenkneift, kann sie die dunkle Wolke am Horizont kaum noch sehen. Sie kann sie sogar dazu bringen, ihre Form zu verändern: Wenn sie nur das linke Auge zu macht, sieht sie aus wie eine seltsam geformte Blume. Macht sie das rechte zu, erinnert sie an den Kopf eines gefährlichen Ungeheuers. Sie ist schon oft mit ihrer Familie hier gewesen. Sie haben eine Decke auf die Wiese gelegt und was zum Essen hatte auch immer jemand dabei. Mit ihrem Opa lässt sie Drachen steigen, wenn die gute Brise vom Meer herüber weht. Immer höher fliegt der Drache dann, den sie vorher zusammen gebastelt haben und die vielen bunten Muster leuchten vor dem blauen Himmel. Immer höher und höher steigt der Drache, bis ihr Opa übernimmt, weil der Wind zu stark wird. Immer wenn der bunte Drache nur noch ein schwarzer Fleck am Himmel ist, erklärt ihr Opa, dass er nun allen *Hallo* sagt, die von da oben auf sie hinab sehen. Manchmal kommt der Drache dann ganz zerrissen von seiner Reise zurück. Dann hat er denen da oben so gut gefallen, dass sie ein Stück behalten wollten, und Opa nimmt ihn mit nach Hause und repariert ihn.

Ihre Tante erzählt ihr spannende Geschichten über die Geschöpfe, die in dem großen Wald am anderen Ende der Wiese hausen. Sie erzählt von Feen und Elfen, die nur dann aus dem Wald kommen, wenn ein Mensch ganz dringend ihre Hilfe benötigt. Dann nehmen sie etwas von ihrem Zauberstaub mit und lassen es auf die Köpfe der Menschen rieseln. Und natürlich gibt es noch die Kobolde, die, wenn sie nicht gerade Schicht haben beim Bewachen des Goldtopfes am Ende des Regenbogens, den Zauberstaub klauen wollen. Er glitzert einfach so schön und eignet sich perfekt zur Dekorierung des Wohnzimmers.

Und genau neben diesem Märchenwald hängt nun diese seltsame schwarze Wolke am Horizont. Sie sieht mittlerweile bedrohlich aus, aber nur wenn sie genau hinsieht, und das versucht sie zu vermeiden. Aufgeregt spielt sie an dem Drachen in ihren Händen, den hat ihr Opa mit ihr gebastelt, wie immer. Er hat zwar schon einige Jahre auf dem Drachenrücken, aber sie ist sich sicher, dass er nochmal fliegen wird. Sie muss nur noch auf den richtigen Wind warten. Vom Meer muss er kommen, dann fliegt der Drache am besten und darauf kommt es heute an, er muss so hoch fliegen wie nur möglich.

Im Augenwinkel sieht sie die Wolke. Sie ist nochmal größer geworden und sieht nun, egal mit welchem Auge sie hinsieht, bedrohlich aus. Plötzlich spürt sie die Meeresbrise im Haar, schnell dreht sie der Wolke den Rücken zu. Sie läuft los, ihre Füße werden schneller und immer schneller, hinter sich hört sie den Drachen immer wieder auf den Boden dopsen. Bis ein Ruck durch die Leine fährt und der Drache abhebt, dann bleibt sie stehen und sieht zu, wie er unruhig am Himmel flattert. Sie rollt mehr Seil ab. Heute muss er so weit wie möglich nach oben steigen. Wenn sie ihn nicht mehr sehen kann, kann er es. Ihr Blick wandert immer zwischen ihrem Drachen hoch oben am Himmel und dem Märchenwald hin und her. Sie sucht nach etwas ganz Bestimmten, es muss einfach kommen. Das Zeichen ist fest versprochen, nur haben sie nie über die genaue Form geredet. Auch nicht genau zu welchem Zeitpunkt es kommen soll, aber als sie heute Morgen in den Himmel gesehen und die Wolke weit entfernt am Horizont erblickt hatte, überkam sie plötzlich die Gewissheit, dass es heute sein wird.

Die Wolke am Horizont, das ist mittlerweile eine Untertreibung: Sie ist inzwischen so groß, dass sie sich wie ein Gebirge vor ihr auftürmt. Den ersten Donner bekommt sie gar nicht mit. Sie hat etwas entdeckt, oder sie glaubt es zumindest und das nimmt ihre gesamte Aufmerksamkeit ein. Über dem Märchenwald ist etwas aufgetaucht. Ein glitzernder Punkt, der kurz steil nach oben fliegt, stoppt und im Sturzflug wieder zwischen den Bäumen verschwindet. Sie kann sich natürlich auch irren, der Wald ist zu weit weg, um irgendetwas genau bestimmen zu können, aber es hat wirklich fast ausgesehen wie …

Sie schüttelt den Kopf, *nie im Leben*. Das kann sie sich nicht vorstellen. Sie lenkt ihren Blick wieder in den Himmel, auf den Drachen. Oder vielmehr auf die Stelle, an der der Drache eigentlich sein sollte. Denn er ist nicht mehr zu sehen. Sie stößt einen Jauchzer aus. Sie hat es geschafft, den Drachen so weit nach oben fliegen zu lassen, dass sie ihn nicht mehr sehen kann! Das erste Mal, ohne die Hilfe ihres Opas, fliegt er dort oben. Jetzt muss sie ihn nur noch lange genug in der Luft halten können, damit er dort über ihr genug Zeit hat.

Den zweiten Donnerschlag bekommt sie mit. Sie zuckt zusammen und schenkt der Wolke jetzt endlich die Bedeutung, die sie verdient. Im selben Moment fährt ein Ruck durch die Leine und der Wind beginnt heftig mit dem Drachen dort oben zu spielen. Es fühlt sich an wie ein Kampf zwischen ihr und der höheren Macht oben über den Wolken. Sie stemmt ihre Füße fest in den Boden und umklammert die Haltestange so fest, dass ihre Knöchel weiß hervortreten. Die ersten Regentropfen trommeln auf den Boden. Durchnässen das Gras, ihr

Haar und ihre Kleidung. Sie muss den Drachen einholen, ob sie will oder nicht. Es ist zu gefährlich, viel länger hier draußen zu bleiben. Sie fängt an die Leine einzuholen, aber nicht zu schnell. Sie muss ihm mehr Zeit verschaffen, dabei weiß sie nicht mal, ob überhaupt klappt, was sie vorhat. Sie heftet ihren Blick starr auf den Drachen, als er zwischen den Wolken auftaucht. Noch kann sie nichts erkennen und der leichte Regen erschwert die Sicht zusätzlich.

Wie auf Kommando ertönt der dritte Donner. Jetzt holt die Angst sie doch ein. Schneller als sie es für möglich gehalten hat, ist der Drache plötzlich nur noch wenige Meter über ihr. Sie kneift die Augen zusammen, um trotz des Regens etwas erkennen zu können. Sie traut ihren Augen kaum, ein Glücksgefühl tastet sich vorsichtig nach oben, aber sie versucht es zu unterdrücken. *Nicht zu früh freuen*, sie kann sich auch immer noch täuschen. Sie kann es kaum erwarten, den Drachen endlich in ihren Händen halten zu können, und als sie es schließlich doch tut, lässt sie dem Glücksgefühl freien Lauf. Es strömt durch jede Ader in ihrem Körper, erfasst ihr Herz und lässt es zuerst unfassbar leicht werden, um sie dann doch das altbekannte Stechen spüren zu lassen. Doch diesmal ist es nicht der typische saure und schmerzhafte Stich, er fühlt sich eher bittersüß an. Vorsichtig fährt sie mit der Hand über den Drachen und nimmt sich die fehlenden Stellen genau vor. Ein Stück des blauen Stoffs fehlt und fast das gesamte Grün. Genau so wie er es vorhergesagt hatte, seine beiden Lieblingsfarben würden fehlen, meinte er damals und lächelte sie an. Eine Träne bahnt sich ihren Weg nach draußen und rinnt über ihre Wange, während sie lächelnd nach oben in den Himmel blickt. Sie hat es geschafft, der Drache war so weit nach oben gestiegen, dass er ihn sehen konnte. Er war da und hat es gesehen, sie kann es beweisen. An den Löchern in dem blauen und grünen Stoff.

Das Wolkengebirge hat sich nun komplett aufgelöst, der gesamte Himmel ist in schwarzer Farbe getaucht und wird von den hellen Blitzen zerrissen. Der Regen fällt unablässig, sie kann kaum noch einen Meter weit sehen, dabei muss sie hier weg. Schnell.

Verzweifelt sucht sie den Märchenwald, aber sie kann ihn nicht mehr erkennen, der Himmel scheint ihn verschluckt zu haben. Von der Angst getrieben fängt sie an zu rennen, gegen den Regen und in die Dunkelheit. Plötzlich ist sie von einem hellen Licht umgeben. Sie schließt die Augen. *Das ist bestimmt ein Blitz, er muss in einen Baum oder so etwas eingeschlagen sein*, ist ihr erster Gedanke und er versetzt sie in Panik. Sie bleibt stehen, unfähig sich zu bewegen. Vorsichtig blickt sie vor sich. Das Licht wird schwächer und sie merkt, dass sie umgeben ist von einem wunderschönen Glitzern und Funkeln, das sachte in der Luft schwebt. Wie verzaubert streckt sie die Hand aus und versucht das Glitzern zu berühren. Es fühlt sich an wie kalter Regen im Sommer und läuft wie ein Wassertropfen an ihrem Handgelenk entlang und auf den Boden, als sie ihn berührt. Er hinterlässt eine leicht glitzernde Spur und plötzlich hat sie das Gefühl, zu Hause zu sein.

Manor Castle

Birgit Regge

Der dumpfe Klang der viktorianischen Stand-
uhr schlug 22 Uhr. Die letzten Holzscheite
knackten leise im Kamin. Deborah hatte die
schweren Damastvorhänge mit den zartschim-
mernden Mustern und Ornamenten schnell zuge-
zogen. Ein Gefühl beobachtender Blicke aus der
Dunkelheit hatte sie beschlichen und sie vergewis-
serte sich, dass die große Eichentür des Eingangs
abgeschlossen war. Ihr Mann James hatte wieder
einmal einen Geschäftstermin in der Stadt und
würde erst morgen zurückkehren. Über Nacht
würde sie alleine in dem großen Herrenhaus sein.
Bei dem unbehaglichen Gedanken daran fröstelte
sie und zog ihre Strickjacke enger um sich. Ein-
same Abende waren für sie unerträglich. Das
dunkle Gemäuer des Anwesens empfand sie als
düster und abschreckend. Nur James zuliebe war
sie von der Stadt aufs Land gezogen. Ein fataler
Fehler, wie sie sich rückblickend eingestand.

Deborah saß verloren in dem riesigen Ohrensessel
vor dem Kamin und starrte in die orange-rote Glut.
In die bedrückende Stille hinein schreckte sie das
Läuten des Telefons auf. Mit zitternder Hand griff
sie nach dem Hörer.

„Manor Castle, hallo, wer spricht?" Deborah hoffte, dass man ihr die Angst in der Stimme nicht anmerkte. Am anderen Ende der Leitung blieb es still. „Hallo, so melden Sie sich doch", forderte sie noch einmal. Dann hörte sie nur ein Klicken, der ominöse Anrufer hatte aufgelegt.

Im Laufe des Abends war ihr Entschluss gereift. Gleich morgen würde sie ihre Sachen packen und mit dem Taxi zum Bahnhof fahren. Manor Castle war nicht der richtige Ort und James nicht der richtige Mann für ihr Leben. Um glücklich zu sein, brauchte sie das bunte Treiben einer Stadt, Menschen, die sie umgaben.

Inzwischen war das Feuer im Kamin erloschen und sie bemerkte erst jetzt die aufziehende Kälte im Raum. Sie stieg den Treppenaufgang nach oben und richtete sich für die Nacht.

Während Deborah vor der Kommode saß und ihr langes Haar sorgfältig bürstete, wurde unten im Eingang mit einem leisen Klicken die Haustür aufgeschlossen und ein Schatten huschte herein. Lautlos schlich dieser in der Dunkelheit des Hauses nach oben.

Deborah löschte das Licht. Vergeblich versuchte sie einzuschlafen, ihr Gehirn war mit der Planung ihres Neuanfangs beschäftigt. Vor ihrem inneren Auge entstanden Szenen, Fantasien, Ängste. Ihr Unterbewusstsein war ein wahrer Meister der Vorstellungskraft.

Die Türklinke wurde lautlos heruntergedrückt. Lediglich ein leichter Luftzug war zu spüren. Deborah drehte sich auf die Seite und kuschelte sich tiefer in die Bettdecke.

Der lautlose Schatten stand an ihrem Bett und lauschte. Das gleichmäßige Atmen verriet ihm, dass Deborah inzwischen eingeschlafen war. Sie träumte von London, von Theaterbesuchen, Teekränzchen und einem neuen Leben.

Als das Kissen sich schwer auf ihr Gesicht senkte, unternahm sie einen letzten verzweifelten Versuch, sich von ihrem alten Leben zu befreien. Goodbye London.

Die Wette

Raffaella Elia

Ein Lichtblitz durchläuft Paul Webers Augen, als er in den Bus einsteigt. Endlich ist es so weit, er wird die Wette gewinnen, die sein Kollege und er abgeschlossen haben. Paul Weber atmet tief ein, zieht seine Knarre heraus und zielt auf den Fahrer: „Du! Lenk diesen Scheißbus außerhalb der Stadt, aber dalli, sonst fange ich an, deine Fahrgäste zu erschießen!", droht er mit lauter Stimme. Alle Fahrgäste fangen augenblicklich zu schreien an und er feuert einen Schuss in der Luft, um deren Aufmerksamkeit zu gewinnen. Plötzlich ist alles still außer einem leisen Wimmern, das von zwei erschrockenen Kindern kommt. Die älteren Fahrgäste versuchen, Ruhe zu bewahren, damit die Lage nicht noch mehr eskaliert. Inzwischen fährt der Bus Richtung Stadtgrenze. Paul Weber trägt eine Mütze mit einer versteckten Kamera und einem Mikro, damit sein Kollege alles mitansehen und zuhören kann. Vor ein paar Tagen hatten die zwei nämlich darauf gewettet, dass Paul Weber einen vollen Bus außerhalb der Stadt entführen würde, um zu fühlen, wie es ist, Macht über die Menschen zu haben. Er wollte die Fahrgäste dazu zwingen, ihn darum zu bitten, sie freizulassen. Was hätte ihm schon passieren können? Er hatte einen Waffenschein und würde niemanden etwas antun. Er war sich hundertprozentig sicher, dass er die ganze Zeit Herr der Lage bleiben würde.

Als der Bus weit genug von der Stadt in der Nähe eines Grillplatzes ankommt, befiehlt er dem Fahrer, den Bus anzuhalten und stellt sich den Fahrgästen vor: „Mein Name ist Paul Weber, ich bin ein sehr reicher Unternehmer und wir bleiben heute alle hier drinnen, bis Sie mich ganz nett bitten, Sie freizulassen!"

In der darauffolgenden Stille erhebt sich langsam ein Mann mittleren Alters und sagt: „Hören Sie mal, ist das ein Spiel? Gibt es irgendwo eine versteckte Kamera? Sie dürfen uns hier nicht festhalten, das ist eine Straftat!"

Mark Weber hatte keinen Widerstand erwartet, daher gerät er in Panik und schreit den Mann an: „Das ist kein Spiel, Sie müssen einfach machen, was ich Ihnen sage, sonst schieße ich Ihnen ein Loch in den Kopf!" und zielt tatsächlich auf den Kopf des Mannes, als sein Kollege mit beruhigender Stimme auf ihn durch die Kopfhörer anspricht: „Hey, Kumpel, lass dich nicht provozieren, oder willst du die Wette verlieren?" Seine Worte zeigen Wirkung, Mark Weber schießt wieder in die Luft und fordert nochmal die Fahrgäste auf, ihn darum zu bitten, sie freizulassen.

Die Fahrgäste sehen ein, dass der Mann emotional wohl nicht stabil ist, um nicht zu sagen, dass er nicht alle Tassen im Schrank hat, und beschließen, seiner Bitte ganz höflich nachzugehen. Eine junge Frau steht also auf und sagt: „Bitte, Herr Weber, wären Sie so nett und würden Sie uns freilassen? Wir haben Kinder und Eltern zu Hause, die sich sicherlich Sorgen um uns machen und wir möchten gerne heimfahren, wenn Sie es erlauben."

„Verdammter Scheißkerl", sagt nun der Kollege in den Kopfhörern, „du hast die Wette gewonnen! Warte dort, ich hole dich gleich ab, bin schon auf dem Weg".

Mark Weber bittet nun den Fahrer höflich, die Türe aufzumachen, damit er aussteigen kann und entlässt somit Bus und Fahrgäste in die Freiheit. Ob die Aktion Konsequenzen haben würde, wusste er nicht. Er hat die Wette gewonnen und ist sehr glücklich darüber.

Der Auftrag

Daniela Hauer

Mit dem schweren Rucksack watete ich durch den Sumpf. Dabei schmatzte der Untergrund jedes Mal wenn meine Beine sich abwechselnd zum Weitergehen Richtung Camp hoben. Der Matsch spritzte bis hoch auf Bauchhöhe und als ich so an mir heruntersah dacht ich unweigerlich an ein Hamam. Anders würde ich nie wieder sauber werden – außerdem hätte das türkische Schaumbadritual den Vorzug zu liegen und entspannt abgeschrubbt zu werden. Liegen ist ein unerreichbarer Traum, wenn man stundenlang durch sumpfiges Gelände stapft und gezwungen ist zu laufen um nicht zu versinken. Die Muskeln in den Beinen schmerzten immer stärker und je stärker die Schmerzen, desto mehr verwandelte sich die Hamam-Fantasie zu medizinischen Reha-Liegen. Etwa fünf Stunden später erreichte ich das Zeltlager. Ich musste einen tollen ersten Eindruck machen. Eingematscht von Fuß bis Bauch, schmerzverzerrtes Gesicht Wechsel mit Empörung über die Realität. Umkehren war unmöglich, das was vor mir lag lud aber auch nicht gerade zu Vorfreude ein. Als wäre ich mitten im Sumpf gestrandet, auf vielleicht zwanzig Quadratmetern festem Boden mit 5 Zelten auf

Bretterböden. Vor jedem Zelt stand ein wuchtiger Stein mit einer Aufschrift. Wie ein Inselgrab, dachte ich.

Oh Tannenbaum …

Margit Jahrstorfer

Gisbert saß mit der Gitarre unter der alten Eiche und sang mehr schlecht als recht ein Lied vom Christbaum. Sein Ruderboot lag schaukelnd am Steg, er malträtierte die Saiten. Er hatte seinen Meisterbrief, es war Zeit zum Gammeln. Der selbst auferlegte Hausarrest war vorbei, die Prüfung bestanden, im Internet hatte er Bewerbungen gepostet. Es war Sommer und er konnte trotzdem Weihnachtslieder singen, wenn ihm danach war, wer sollte es verbieten?

„Oh Tannenbaum, oh Tannenbaum …"

„Heilige Ruhe am Strand!", brüllte eine weibliche Stimme hinter ihm. Gisbert erschrak, eine Saite sprang ihm gerissen ins Gesicht. „Verdammte Scheiße, tut das weh!" Er drehte sich um. Niemand da.

„Sei nicht so ein Rüpel und halt endlich den Mund!", schallte es durch die Bäume, Zweige knackten.

„So eine seltsame Braut", dachte Gisbert, als die Frau in wallendem Patchworkkleid mit einem

Kranz aus Tannengrün auf dem Haar und einem Stoffbeutel in der Hand aus den Bäumen trat.

„Hach, da kommt ja mein Tannenbaum!", feixte er.

„Du singst zum Davonlaufen, danke fürs Aufhören!"

Sie setzte sich zu ihm, nahm ihm die Gitarre ab und betrachtete die gerissene Saite. „Siehst du, sogar die Gitarre mag dein Gejaule nicht."

„Du hast mich erschreckt. Gib her!"

Neugierig zeigte er auf den Stoffbeutel. „Warst du beim Einkaufen? Bisschen schwierig hier auf dem unbewohnten Inselchen." Er grinste.

Die junge Frau kippte ihren Beutel aus. Winzige Tassen mit Henkel, passende Tellerchen, kleine Krüge und mehrere Becher purzelten heraus.

„Hast du das gefertigt? Holzgeschirr für eine Puppenstube?"

„Genau. Dort hinten ist eine Linde und deren Holz eignet sich besonders gut. Da liegen ein paar abgelagerte Äste rum, die reichen mir. Ich komm öfter hierher. Hab schon jede Menge davon zu Hause. Jetzt brauche ich nur noch jemanden, der mir mehrere Puppenküchen baut. Bis Weihnachten. Wenn die Sachen bemalt sind, kann es auf dem nächsten Weihnachtsmarkt mit dem Verkauf losgehen."

Gisbert strahlte. Die Frau gefiel ihm. „Ich bin Schreinermeister, da können wir ins Geschäft kommen." Er zeigte auf ihren Kopf: „Und doch: Oh Tannenbaum!"

Es schnappte sich die Gitarre und fing wieder an zu grölen.

Im Folterschacht

Paul Koglin

Chavez´ Lachen hallte lange nach: „Ha, ha, ha, jetzt wirst du verrecken wie die vielen Gringos vor dir da unten im Loch!" Mit einem lauten Knall, dessen Echo die Wände des Schachts hochschnellte, erlosch das Licht. Gleichzeitig wurde eine funkensprühende, schrammende Eisenplatte auf die Öffnung des Schachts gewuchtet.

Linda Bailey konnte die Hand vor ihren Augen nicht mehr erkennen. Es war stockdunkel. Sie kauerte auf dem kalten Betonboden. Und sie war vollkommen nackt. Chavez´ Schergen hatten sie ausgezogen und in den Schacht hinuntergelassen. Was sie sonst noch mit ihr gemacht haben könnten, stellte sie sich besser nicht vor. Das Wichtigste: Sie lebte! Ihre Mundhöhle war ausgetrocknet. Das ihr verabreichte Betäubungsmittel hinterließ einen mandelbitteren Geschmack und verursachte einen quälenden Brechreiz, den sie mühsam unterdrückte. Sie fühlte sich schwach und geschunden.

Plötzlich berührte etwas Lebendiges ihren rechten Fuß. Erschreckt sprang sie auf. Adrenalin schoss in ihren eben noch müden Körper. Um ihre Beine wieselten Tiere und erzeugten ein Fiepen, das sich wie Tinnitus in ihre Ohren fraß. Ratten! Der Gestank im Schacht aus einem Gemisch aus Urin, Kot und brackigem Wasser raubte ihr schier den Atem. „Wie komme ich hier bloß raus?", marterte Linda ihr Hirn.

Carlos Fuentes, *Don Carlos* genannt, und sie waren in einer Spezialoperation der Drogenfahndung in das *Camp* von Pedro Chavez eingedrungen, um weitere Beweise gegen ihn sicherzustellen und dabei gefangengenommen worden. Wo *Don Carlos* abgeblieben war, wusste sie nicht.

Linda tastete sich an den Wänden des engen Schachts entlang. Um den Ratten möglichst auszuweichen, tänzelte sie mit hochgestreckten Füßen auf ihren Zehenspitzen wie eine Primaballerina über den kalten, schmutzigen Betonboden. Dabei entdeckte sie auf einer Mauerseite verankerte Stahlstreben, die leiterartig nach oben führten. Sie wollte sich auf die unterste Strebe stellen. In dem Moment klammerte sich eine Ratte an ihren linken Knöchel. Sie packte das Tier todesmutig mit einem lauten Schrei am Rumpf und schleuderte es weg. Unter schrillem Fiepen schlug die Ratte auf dem Boden auf. Linda stellte sich vorsichtshalber auf die zweite Sprosse. Ihre nackten Zehen krallten sich um den rauen, rostigen Stahl. Kaum war sie halbwegs vor den Ratten sicher, wurde es still. Sie hörte, wie ihre Zähne klapperten. Sie zitterte am ganzen Körper – vor Angst und vor Kälte.

Die Ratten verschwanden so schnell, wie sie in den Schacht eingedrungen waren. Linda versuchte, ihre Gedanken zu ordnen: Diese Tortur war wohl der erste Teil des Folterprogramms von Chavez und seinen Leuten in diesem brunnenartigen, schmalen, stinkenden Schacht. Wie mag es *Don Carlos* ergangen sein? War er noch am Leben?

Ein lautes Klatschen, dem ein gleichmäßiges Rauschen folgte, holte sie schlagartig zurück in ihre schreckliche Wirklichkeit. Stark nach Chlor riechendes Wasser schoss in den Schacht. Schnell musste sie die nächsten Sprossen erklimmen, um der rasant steigenden Flut zu entkommen. Als sie oben angekommen war und mit ihrem Kopf an die Stahlplatte stieß, verschlang das eisig kalte Wasser bereits Beine und Bauch, piekte wie tausende Eiskristalle auf ihrer nackten Haut. Verzweifelt drückte sie mit ihren Händen gegen die Stahlplatte, die sich keinen Millimeter bewegte. Dabei rutschte sie von der Sprosse ab und glitt in die nasstrübe Finsternis. Ein verzweifelter Atemzug über Wasser. Aufgerissene Augen, die für einen letzten Augenblick ins gespenstische Dunkel starrten. Schon verschluckte sie sich an eiskaltem Höllenwasser, das sie vollends aufsog und hinunterzerrte.

Das Ende!

Sie schwebte nach unten. Sie schwebte weiter. Sie schwebte … in der offenen, warmen See. Tausende kleine Fische umschwirrten ihren Körper. Sie fühlte sich unendlich leicht und auf wundersame Weise befreit wie eine Nixe in ihrem Element. Lichtblitze durchzuckten die dunkle Tiefe des Meeres und ließen farbenprächtige Korallen hell erstrahlen …!

„Linda! Linda! Aufwachen!", rief jemand aus weiter Ferne.

„*Don Carlos*, bist du´s?", murmelte Linda.

„Ach, du träumst auch von diesem Frauenschwarm?"

Linda machte die Augen auf und schaute blinzelnd auf eine feixende und lachende Gloria, ihre Zimmergenossin in der Polizeischule von Tucson.

Fremde Männer

Julia Materna

Emma liebte Spaziergänge, sie lief jeden Tag und egal bei welchem Wetter. Dann ging sie aus dem Haus und wanderte stundenlang durch die Straßen, hinaus auf die Feldwege, bis es ihr zu kalt wurde und sie wieder nach Hause wollte. Aber manchmal hatte sie so einen komplizierten Weg genommen, dass sie nicht mehr so schnell zurückfand. Dann fragte sie meisten jemanden, der ihr entgegenkam und mit deren Hilfe fand sie immer wieder heim.

Die Stadt war einfach zu groß und veränderte sich zu schnell, um jede Straße und jeden Winkel zu kennen. Manchmal dachte sie auch, noch nie an dem Ort gewesen zu sein und wenn sie dann ein wenig länger darüber nachdachte, erkannte sie ihn doch wieder. Manchmal traf sie sogar jemanden, den sie kannte. Es passierte nicht oft aber immer mal wieder kam ihr ein bekanntes Gesicht entgegen und dann liefen sie zusammen wieder zurück, ihre Freunde wohnten ohnehin alle in ihrer Gegend. Das freute sie immer besonders, nachdem sie das Alleinsein und die Ruhe auf dem Feld genossen hatte und für sich gewesen war, fand sie es immer wieder toll mit Freunden heim zu laufen.

Gerade stand Emma in ihrem Hausflur und zog sich die Schuhe an, draußen wurde es langsam wieder wärmer. Der Sommer schaffte es endlich den Frühling abzulösen. Wie immer nahm sie den Hinterausgang aus ihrem Wohngebäude, das war der kürzeste Weg hinaus auf die Felder und die Vordertür klemmte manchmal, dass sie sie nicht immer ohne Hilfe öffnen konnte und dann verplapperte sie sich meistens so mit der Person, die ihr zu Hilfe geeilt kam, dass sie den Spaziergang nicht mehr schaffte bevor es dunkel wurde.

Als sie auf die Straße hinter dem Haus trat wehte ihr ein lauer Wind entgegen und eine Drossel, die im Baum neben dem Eingang saß, trillerte laut ihr Lied. Emma merkte sofort wie sie sich ein wenig entspannte. Sie liebte Vogelgesang, ein weiterer Grund weshalb sie gerne aus dem Haus und auf die Felder wollte. Hier in der Stadt hörte sie nur ganz selten ein paar Vögel, meistens wurden sie von dem Straßenlärm übertönt. Da wo Emma früher gewohnt hatte, war sie jeden Morgen von den Vögeln geweckt worden, sie saßen auf den Bäumen in ihrem Vorgarten und sangen um die Wette. Und wenn sie sich dann mit ihrem Morgenkaffee in den Garten setzte, surrten Bienen und Hummeln um sie herum. Die bunten Blumen ließen die Wiese direkt neben ihrem Haus wie ein buntes Meer wirken und ihr süßlicher Duft vermischte sich mit dem Kaffeeduft. Die ersten Sonnenstrahlen kitzelten sie auf der Nase und ihr Dackel Herbert lief schwanzwedelnd durch den Vordergarten und jagte Schmetterlinge.

So hatte sie gelebt, aber dann war ihr Mann verschwunden und sie musste in eine kleinere Wohnung in der Stadt ziehen. Sie fragte sich bis heute, was mit ihm geschehen war, sie wusste auch nicht genau, wann er verschwunden war. So seltsam wie es klang, aber es hatte schleichend begonnen, sie hatte ihn immer weniger gesehen, dafür waren immer wieder fremde Männer bei ihr an der Haustür aufgetaucht, hatten behauptet er zu sein und sie hatte sie fuchsteufelswild wieder verscheucht. Sie wusste ja wohl wie ihr Mann aussah und diese Männer sahen ihm noch nicht mal ähnlich! Wenn ihr Mann dann doch mal wieder nach Hause gekommen war, hatte sie ihm davon erzählt und er hatte anfangs noch besorgt reagiert und wollte mit ihr umziehen, bevor die fremden Männer gefährlich wurden, doch sie hatte sich geweigert. Niemals hätte sie ihren Traum wegen solch frecher Männer aufgegeben! *„Ich erkenne sie doch immer, ich falle nicht auf sie herein. Mach dir keine Sorgen."*, hatte sie ihm dann immer gesagt Doch nach einer Weile reagierte ihr Mann kaum noch, wenn sie ihm von den seltsamen Besuchen erzählte, dann erwiderte er nur noch so Sachen wie: *Ach, waren sie schon* *wieder da?* oder *Zum Glück hast du es gleich erkannt.* Und von jetzt auf nachher verschwand ihr Mann einfach komplett, er war nicht mehr zuhause und auch nicht im Garten, dafür kamen die fremden Männer immer häufiger, vielleicht hatten sie etwas mit den Verschwinden zu tun? Doch man fand nie heraus was mit Emmas Mann geschehen war. Sie sah ihn nie mehr. Kurz darauf gab sie ihren Traum schweren Herzens auf und zog in die Stadt.

Deshalb liebte sie ihre Spaziergänge so sehr, sie erinnerten sie an ihr verlorenes Zuhause und ihren verlorenen Mann.

Je weiter sie aus der Stadt herauskam, desto beschwingter wurde ihr Schritt. Die Häuser wurden zu Einfamilienhäusern und schließlich zu Schrebergärten. Hier nahm sie, anders als in der Stadt immer den gleichen Weg, hinter dem letzten Schrebergarten bog sie immer rechts ab und kam nach wenigen Schritten auf eine Wiese voller Wildblumen. Kurzerhand setzte sie sich mitten in die Wiese und atmete den Duft der Blumen ein. Sie saß so lange still, bis sie zu einem Teil der Natur wurde und ein Schmetterling auf ihr Rast machte. Sie hörte die Vögel singen, die Bienen summen und die Blätter sanft im Wind rascheln. Kein Auto, kein Fernseher, in ihrem Gebäude waren die Wände eher dünn und von irgendwo hörte sie immer einen Fernseher laufen, und vor allen Dingen hörte sie keine Menschen. Das war die größte Wohltat. Keine Menschen, die ihr jemanden vorstellen wollten, die sie von früher kannten oder Menschen, die ihr erklären wollten, dass ihr Mann noch hier bei ihr war. Er war fort, auch wenn er in Gedanken immer bei ihr sein mag, mussten die Leute aufhören, sie vom Gegenteil überzeugen zu wollen.

Am Waldrand nahm sie plötzlich eine Bewegung wahr, ein junges Reh stakste vorsichtig ein paar Schritte auf die Wiese und blähte sein Näschen. Doch es schien ihm nicht ganz zu gefallen, was es da erschnüffelte und es sprang wieder in den sicheren Wald. Für Emma war das das Zeichen nun auch den Weg nach Hause anzutreten. Der Schmetterling flog erschrocken in die Luft als sie langsam ihre Glieder bewegte, damit wieder Blut fließen konnte. Dann lief sie denselben Weg zu den Schrebergärten zurück und hier begann der schwierige Teil ihres Spaziergangs. Was auf dem Hinweg nie ein Problem für Emma war, war nun auf dem Rückweg eine schier unüberwindbare Mauer. Die Straßen sahen alle irgendwie gleich aus, hatten nichts was ihr ins Auge fiel und in den Siedlungen am Stadtrand waren selten Menschen auf den Straßen, denen sie begegnen und nach dem Weg fragen konnte.

Sie suchte sich die Hochhäuser als Orientierungspunkt und fand so zumindest bis in die Stadtmitte. Hier brummte es nur so von Menschen und Emma merkte, wie ihr das Laufen wieder schwerer fiel. Sie hielt die Augen nach einem bekannten Menschen auf, fand aber die erste Zeit niemanden. Kurzentschlossen trat sie an einen jungen Mann an einem Kiosk und fragte ihn nach dem Weg. Doch er sah sie nur ganz genervt an. „Entschuldigung, aber für so einen Unsinn habe ich keine Zeit." Mit diesen Worten stürmte er mit seinem Handy in der Hand davon. Verwirrt sah Emma ihm nach, sie hatte ihn doch nur gefragt wie es zu ihr nach Hause ging, sie verstand gar nicht woher diese unfreundliche Reaktion kam. Ein wenig verunsichert trat sie an eine junge Frau heran, die mit ihrem Kinderwagen unter einem Baum stand und auf jemanden zu warten schien. Doch wieder bekam Emma keine Hilfe. Die Frau antwortete zwar nicht so harsch wie der Mann, aber sie wusste auch nicht wie sie nach Hause kommen konnte und die junge Frau verlor schnell das Interesse an Emma und begann wieder suchend die Straße hinab zu blicken.

Nun war Emma ganz nervös, sie hatte Angst nicht mehr nach Hause zurück zu finden. Sie merkte wie sich ein Kloß in ihrem Hals bildete. Vielleicht war genau so etwas auch ihrem Bernhard passiert, er hatte sich verlaufen und keiner wollte ihm helfen. Oh, er fehlte ihr so sehr!

Mutlos ließ sie sich auf eine Bank fallen und vergrub das Gesicht in ihren Händen, sie würde nie mehr den Weg nach Hause finden …

„Entschuldigung, Emma, bist du's?" Eine tiefe Männerstimme riss sie aus ihrer Angst und sie spürte wie eine schwere Hand sich auf ihre Schulter legte. Ein gutaussehender Mann in ihrem Alter sah besorgt zu ihr herunter.

„Ich bin Emma, aber ich kenne Sie nicht, entschuldigen Sie bitte."

Der Mann setzte sich neben sie auf die Bank und schüttelte langsam den Kopf. „Das macht nichts, Emma. Wir kannten uns einmal vor sehr langer Zeit, zu der Zeit als dein Mann noch da war."

Emmas Herz machte einen Satz. „Sie kannten Bernhard?"

„Ich kannte Bernhard sehr gut sogar. Wir waren enge Freunde." Ein trauriges Lächeln umspielte seine Lippen.

Emma legte ihm eine Hand auf die Schulter, so wie er es vorhin bei ihr gemacht hatte. „Es freut mich, dass sie Bernhard so in Erinnerung behalten haben."

Der Mann nickte wieder. „Kann ich dich nach Hause begleiten? Es liegt auf meinem Weg."

Emma seufze erleichtert auf. „Sehr gerne! Verraten Sie mir noch Ihren Namen, bevor wir uns auf den Weg machen?"

Er stand auf und reichte ihr die Hand. „Mein Name ist Bernd."

Emma lächelte und nahm dankend die Hand an. „Es freut mich Sie kennenzulernen, Bernd."

Emma hatte die beste Zeit als sie am Arm von Bernd durch die Straßen lief. Mit einem Mal fühlte sie sich nicht mehr verloren und hatte fast das Gefühl, sich ein wenig an ihn erinnern zu können. Als er mit ihr in die Eingangshalle ihres Hauses trat, begrüßten sie beide Stefan, der hinter dem Empfangstresen saß und mit einem erleichterten Gesicht Emmas Anwesenheit registrierte. Er reagierte immer so, wenn sie von ihren Spaziergängen zurückkam. Sie hatte seine Sorge nie ganz verstehen können.

Emma war ungewöhnlich gut gelaunt und bat Bernd, sie bald wieder zu besuchen. Er versprach es und verabschiedete sich galant von ihr. Während sie die Schuhe vor der Haustür abstreifte, um keinen Dreck mit in die Wohnung zu nehmen, hörte sie wie Bernd mit Stefan sprach.

„Ich habe sie auf einer Bank am Rathaus gefunden. Sie war völlig desorientiert." Stefan fuhr sich durch die Haare. „Ich weiß nicht wie sie es jedes Mal schafft. Wir haben Personal an der Haustür und die Pfleger schauen alle halbe Stunde, ob sie noch in ihrer Wohnung ist. Wir haben sofort

Personal losgeschickt um nach ihr zu suchen, als wir ihr Verschwinden bemerkt haben."

Bernd seufzte. „Sie war schon immer gut darin Schlupflöcher zu finden. Ich mache mir nur Sorgen, dass sie irgendwann niemand findet und ihr etwas zustößt."

„Ich weiß, das macht uns allen Sorgen. Wir werden uns etwas ausdenken, vielleicht einen Bewegungsmelder, der Alarm schlägt, wenn sie ihre Wohnung verlässt."

Bernd nickte wieder. „Ich hole sie morgen ab für unseren Spaziergang."

Stefan sah Bernd ernst an. „Ich hoffe, dass sie mit dir mitkommt, wenn du morgen da bist. Ich hoffe es wirklich."

„Bis morgen, Stefan." Bernd machte sich auf den Weg zur Haustür.

„Kommen Sie gut nach Hause, Bernhard!"

Waidmannsheil!

Birgit Regge

Am Waldrand, dunkle Schatten im Dickicht. Dämmerung und Nebelschwaden in Symbiose.

Da, irgendwo im Wald, das Böse, unbekannt, unheimlich, ungewiss.

Angstvolle Vorahnung, zittrige Beine, kalter Schweiß. Morgenluft.

Wipfel als Geschichtenerzähler, dramatische Spannung.

Verhängnisvolles Unterholz, plötzlich ein Schuss, bedrückende Stille.

Warmes Blut, starre Augen, tot.

Wer? Männliches Wesen.

Wo? Auf der Lichtung.

Wann? 05.34 Uhr.

Warum? Rätselhaft.

Wie? Blattschuss.

Waidmannsdank!

Jonas und der Hund

Raffaella Elia

Jonas schloss die Augen auf und sah … absolut nichts. Ein höllischer Kopfschmerz setzte ein, die Bilder des vergangenen Abends tauchten langsam in seinem Kopf auf und neben ihm roch es nach Erbrochenem.

„Verdammt! Die Mutprobe! Das ist die Schwarze Höhle und ich muss bis heute Abend ins Freie, sonst habe ich nicht bestanden und Amelie wird mich nicht mal von hinten anschauen", erinnerte er sich plötzlich. Er hätte sich nie reinziehen lassen dürfen, aber jetzt war es zu spät und er musste schauen, wie er so schnell wie möglich aus der Höhle kam. Er sammelte sich, versuchte ein paarmal tief ein- und auszuatmen und schloss die Augen. Ein aufgrund eines Unfalls erblindeter Freund hatte ihm mal gesagt, dass das Gehirn sich unabhängig von den herrschenden Lichtverhältnissen mit geschlossenen Augen besser konzentrierte, und zwar auch bei blinden Menschen. Überrascht stellte er fest, dass es stimmte.

Sein Erbrochenes, denn es war definitiv seins, er konnte nämlich noch den Geschmack nach Alkohol und Früchten angewidert schmecken, lokalisierte er kurz danach unten rechts von seinen

Füßen. Daher versuchte er sich durch Antasten in die entgegengesetzte Richtung zu bewegen. Er wollte auf keinen Fall reintreten, Igitt!

Die Felsen waren glatt, kalt und etwas nass. Es war definitiv die Schwarze Höhle, die sich in der Nähe seines Heimatsdorf im Wald befand. Jonas war erleichtert, weil er wenigstens nicht weit weg von zu Hause war, und man würde ihn suchen kommen, falls er nicht auftauchte. Außerdem war die Schwarze Höhle nicht riesig und es sollte nicht so lange dauern, bis er rausfand.

Er bewegte sich sehr langsam vorwärts, während er rechts und links die Wände der Höhle tastete, um das Gefühl zu haben, etwas zu sehen. Plötzlich hörte er ein leises Wimmern, wie von einem Tier. Er blieb stehen, schloss wieder die Augen und versuchte zu verstehen, aus welcher Richtung dieses Wimmern kam. Es müsste nicht weit weg von ihm sein, es war leise und kam vom Boden, also er hockte sich, streckte seine Hand aus und wartete. Sein Gefühl sagte ihm, dass er nicht der Einzige auf der Suche nach dem Ausgang war. Es vergingen ein paar Minuten, in denen nichts mehr zu hören war, bis etwas Nasses und Kaltes Jonas Fingerspitzen berührten.

„Nanu, wer bist du denn? Hast du dich hier auch verlaufen?", fragte Jonas. Das kleine Tier ließ sich streicheln und Jonas nahm an, dass es sich um einen kleinen Hund handeln musste, denn sein Kopf hatte eine andere Form als der einer Katze. Er hörte, wie der Hund ihn beschnupperte und Jonas roch sein nasses Fell. Wer weiß, wie lange der Hund schon in der Höhle war. Jonas hatte unverhoffte Hilfe bekommen, aber jetzt musste er sicherstellen, dass der Hund ihn auch ins Freie führte, ohne dass der Junge ihn aus den Augen verlor. Er tastete seinen Hals und fand ein Halsband, das war schon mal gut. Auf der Suche nach einer Leine tastete er den Boden neben ihnen, aber er fand keine, also beschloss er, seinen Gürtel als Leine zu benutzen.

„Komm, kleiner, Zeit nach Hause zu gehen, oder?"

Der Hund wedelte mit dem Schwanz, was Jonas nur durch den Luftzug wahrnahm, und lief nach vorne mit der Nase auf dem Boden. Nach etlichen Wendungen sah Jonas endlich das Licht am Ende der Höhle und wusste, dass er einen neuen Freund gefunden hatte.

206

Daniela Hauer

Beim Blick aus dem Fenster wirkte die Welt friedlich. Sogar schön. Das Bild der Abenddämmerung mit dem intensiven orange-blau gestreiften Wolkenmeer versetzte ihn wie in Trance. Der Farbrausch übermalte sein Alltagsbewusstsein. Der gleichmäßige Rhythmus der Zugräder auf den Schienen bewirkte ein entspanntes, ruhiges hin und herschaukeln des Oberkörpers. Dunkle Silhouetten von unbelaubten Bäumen und Sträuchern streckten ihre Äste in die Farbbänder und zogen vorbei. Erst am Morgen würde er die veränderten Details der Flora und Fauna dieser Region erkennen können.

Als er seine Augen schlaftrunken öffnete, schaute er durch das Zugfenster direkt auf eine große Bahnhofsuhr.05:00 Uhr. Die Realität holte ihn ein. Fünf Hinweise hatten sie. Und er würde die Umgebung leider weniger als touristisches Naturerlebnis, sondern mehr zu forensischen Zwecken erkunden müssen. Noch fehlte der Zusammenhang, Der menschliche Hüftknochen mit Zahnabdrücken und Spuren von torfiger dunkler Erde. Vermutlich Graberde aus der Steiermark. Das blaue Halstuch mit hellbraunen Fellfasern aus der Tuchfabrik in Zaragoza. Das Grab in E-guisheim hatte ihm auch diese Exkursion nach

Frankreich beschert. Jedes Fundstück war am Ort seiner Herstellung aufgefunden worden. Nur was wollten diese Grabschänder damit bezwecken? Ein Ablenkungsmanöver? Falsche Fährte? Warum hatten Sie nur die Fußknochen und ein paar Rippen zurückgelassen? Anton erhielt am Vorabend eine Information aus dem Präsidium in Colmar. Der einzige Hinterbliebene des Verstorbenen hätte in seinem Garten kurz nach dem Grabraub einen erschreckenden Fund gemacht. Die örtliche Polizei in Zaragoza identifizierte Hand- und Fußknochen und kontaktierte die Polizeikollegen im Elsass. Der Bruder hatte einen überdimensionalen Maulwurfhügel begradigen wollen und sei dabei auf die Überreste gestoßen. Anton fuhr mit dem Mietwagen zum Haus des Zeugen. Die Klingel spielte eine melancholische Melodie. Die Türe noch nicht ganz geöffnet posaunte es ihm schon entgegen: „Mein Vagabunden-Bruder hat sich seit 10 Jahren nicht blicken lassen und jetzt das. Die einzigen Lebenszeichen, die ich von ihm bekam, waren selbst geknipste Polaroid Postkarten aus aller Herren Länder. Darauf schrieb er immer nur ein einziges Wort. Sehen sie hier!." Er holte eine Bündel Papier aus einem alten Schuhkarton. Der Ermittler legte die Postkarten vor sich auf den Tisch wie ein aufgedecktes Memory Spiel. Schnappschüsse. Anton fiel eine Gemeinsamkeit auf. Auf jedem Bild war, wenn auch nur ein Stück, von einem Hund zu erkennen. Hier eine Schwanzspitze in Barcelona, dort eine feucht glänzende schwarze Nasenspitze. Nachdenklich beugte sich der Bruder über die Auslage: „Was wohl aus der geworden ist? Emma, die treue Seele." Es war wie ein Puzzle ohne zu wissen wie das Bild werden sollte. Anton wusste nicht einmal, welche Fragen er dem Zeugen stellen sollte, so ratlos war er selbst. „Der Köter ist immer an seiner Seite gewesen" war der letzte Satz, den er hörte bevor die Tür sich hinter ihm ohne eine Verabschiedung schloss. Im Zug versuchte er zunächst seinen Kopf frei zu kriegen und ließ den Himmel wieder in sich ein eindringen. Irgendeine Idee wird sich schon im Hinterstübchen zusammenbrauen.

Es war diese Intuition, die ihn abermals zum Grab hindrängte. „Was zur Hölle ...?!"

Schnell versteckte Anton sich hinter einer alten Eiche und traute seinen Augen nicht. Von dort hatte er das Grab gut im Blick. Stillschweigend aber schwer atmend beobachtete er, wie der Täter eine Rippe ausgrub und mit sich fortnahm. Dass dem Polizeibericht zu entnehmen sein wird, dass er einer Rippe bis nach Barcelona gefolgt ist, hätte er beim Anblick der flüchtigen Hündin nie gedacht. Der menschliche Körper besteht aus bis zu 206 Knochen, schloss der Bericht.

Weihnachten wie immer?

Margit Jahrstorfer

Als Roland mit noch feuchten Haaren aus dem Bad kam, zündete Sigrun gerade drei der Kerzen auf dem Adventskranz in der Tischmitte an. Sie hatte hübsch fürs Frühstück gedeckt.

„Roland, holst du bitte den Orangensaft aus der Küche, ich schenke schon mal Kaffee ein."

Roland stellte die Gläser ab und umarmte Sigrun von hinten.

„Danke, meine Liebe! Du hast wieder so ein herrliches Sonntagsfrühstück gezaubert. Setz dich und genieße!"

„Der dritte Adventssonntag ist es doch wert, dass wir es uns angenehm machen. Nächste Woche ist es mit der Ruhe sowieso vorbei und das Gerenne geht los."

„Hab schon gesehen, dass du alles fürs Plätzchenbacken hergerichtet hast. Tust du dir das wirklich wieder an?"

Sigrun zerteilte ein Brötchen und gab einen Klecks Marmelade drauf. „Naja, eigentlich hab ich keine rechte Lust", sie seufzte, „aber wenn ich nicht heute anfange, wird der Stress zu groß. Sie mögen halt meine Plätzchen so gerne."

Roland stellte seine Kaffeetasse mit einem Klirren energisch ab. „Wenn du keine Lust hast, dann lass es! Die beiden jungen Schwiegertöchter könnten doch selber backen und uns was davon mitbringen."

Sigrun betrachtete ihr Frühstücksei. Dann hob sie den Kopf und sah Roland in die Augen. „Jetzt bin ich mal ehrlich, aber das sag ich nur zu dir. Ich habe heuer überhaupt keine Lust auf den Trubel und den Stress und die Hetze. Ist doch jedes Jahr dasselbe. Alle fallen hier ein, unsere Söhne mit ihren Familien, meine Eltern, Tante Christl, meine ledige Schwester und deine Eltern. Es ist dann so laut, ich steh nur in der Küche, während ihr vor dem Fernseher sitzt und Weihnachtssendungen anschaut. Dann wird gegessen und ich steh schon wieder in der Küche. Ich hab eigentlich keinen Bock mehr da drauf, aber was hilft´s?"

„Du machst dir ja auch jedes Mal viel zu viel Arbeit mit dem Schmücken und Kochen und so."

„Die Gäste sollen es doch gemütlich haben. Ein bisschen Deko muss da schon sein. Die alten Leutchen wären doch an den Feiertagen alleine. Da sind ein Karpfen an Heiligabend und eine Gans am ersten Feiertag ein Muss. Sie können es sich nicht mehr kochen. Und die Kinder mögen halt meine Plätzchen so gerne."

„Hörst du dir selber zu, liebe Sigrun? Wer stellt die Regeln auf?" Roland salzte sein Ei. „Ein Muss ... Ich sag dir mal was: Du arbeitest dich auf und für die anderen ist es eine Selbstverständlichkeit."

„Wie soll es denn sonst gehen? Es hilft doch nichts, Tradition ist Tradition und da muss ich halt durch. Hab das immer noch geschafft, muss mich halt zusammenreißen." Sigrun zuckte die Achseln und nahm einen Schluck Kaffee.

Roland legte sein Messer ab. „Ich habe mich nie eingemischt, denn ich dachte, du wärst glücklich mit der Geschichte. Aber wenn du jetzt zugibst, dass es dir zu viel ist und du gar keine Freude dran hast, dann sag ich was dazu: Wieso müssen die immer alle an Heiligabend zu uns kommen? Die Jungs haben ihre eigenen Familien und sollen in ihrem eigenen Zuhause den Weihnachtsabend feiern und selber für ihre Kinder Traditionen aufbauen. Man kann sich ja hier zu einer Kaffeerunde am zweiten Feiertag treffen und den Kuchen sollen sie mitbringen."

Sigrun starrte ihren Mann mit ungläubigen Augen an. „Das meinst du jetzt nicht ernst, oder? Wir können unsere Kinder doch nicht einfach ausladen!"

„Doch, das meine ich sehr ernst. Dass die sechs alten Leute zu uns kommen, das sehe ich ja ein. Wer weiß, wie lange wir sie noch haben. Die sind ruhig und man kann sich ohne das Rumgesause und Lärmen der Kinder gemütlich zusammensetzen. Du kochst etwas Einfaches. Andere Leute essen Bratwürstchen mit Kartoffelbrei und Sauerkraut. Die alten Damen schälen sicher gerne die Kartoffeln, das Kraut wird am Vortag zubereitet und nur erwärmt. Wenn einer meckert, soll er nächstes Jahr die Karpfenkocherei selber übernehmen. Da geben die ganz schnell Ruhe. Außerdem sparst du dir das Plätzchenbacken, denn wir Alten essen die eh nicht, zu viel Zucker. Hört sich jetzt grob an, aber die Enkelkinder haben eigene Mütter, die kochen und backen können."

Sigrun hatte aufgehört zu frühstücken und blickte Roland mit offenem Mund an. „Du meinst es wirklich ernst und hast dir wohl schon länger Gedanken drüber gemacht. Aber ich schaffe das schon."

Roland griff über den Tisch nach ihrer Hand. „Lass dir das durch den Kopf gehen, es gibt keine Regeln außer unsere eigenen und ein Muss schon gar nicht. Am Ende sind die Kinder froh, wenn sie mit ihren jungen Familien alleine Weihnachten feiern können. Sie brauchen das, glaub mir!"

„Meinst du wirklich? Ich würde es sicher wieder irgendwie auf die Reihe kriegen."

Roland wischte sich mit der Serviette über den Mund. „Genau und wenn sie dann alle wieder weg sind, bist du wie jedes Jahr fix und fertig. Denk nach und vor allem: Sei ehrlich zu dir selber und gib dir einen Ruck! Tu, was du eigentlich tun willst!"

Sigrun lehnte sich zurück und sah sinnend in die Kerzenflammen auf dem Adventskranz. „Das wird mir jetzt komisch vorkommen, aber du hast recht. Es sind unsere eigenen Regeln", sie blickte auf, „und die ändern wir ab heute. Mal sehen, wie es läuft. Aber du sagst es den Jungs, ja? Ich werde gleich nach dem Frühstück die Backutensilien wieder wegräumen und wir machen einen prima Schneespaziergang. Schau, die Sonne ist rausgekommen!"

Minsch sinn

Paul Koglin

J a, das Zitat gefällt mir: *Der Staat ist um des Menschen willen da, nicht der Mensch um des Staates willen!* So könnte ich meine Rede morgen in der Ratssitzung beginnen und an den Verfassungskonvent vor 75 Jahren erinnern.

Plötzlich Geschrei und Gepolter im Vorzimmer, die Tür wird aufgerissen. Ein junger dunkelhaariger Mann stürmt herein und bleibt kurz vor meinem Schreibtisch stehen.

„Frau Bürgermeisterin, konn...te ihn nicht auf...halten," hechelt gestikulierend der sichtlich japsende Scheuricke vom Sicherheitsdienst hinterher und stoppt im Türrahmen.

„Ich bin Abdul aus Syrien und vom Doll...berg. Bitte mir helfen. Brauch Arbeit. Kann Deutsch! Schau auf Foto von Mut...ter Eyla, is in Turkey in Lager!"

Er zeigt mir leicht zitternd auf seinem Handy das Bild einer in die Kamera lächelnden Frau mit buntem Kopftuch.

„Na, beruhigen sie sich erst mal ... Abdul. Herr Scheuricke, ich komm schon klar."

Abdul schaut mich aus seinen dunklen Augen erwartungsvoll an. Er trägt ein weißes T-Shirt, Jeans und blaue Sneakers. Und macht einen recht gepflegten Eindruck. „Hab auch Papier dabei!" Aus einer gelben Klarsichtfolie zieht er offensichtlich amtliche Unterlagen heraus und legt sie mir auf den Schreibtisch. Lese gerade noch, dass er aus Syrien stammt, als mein Handy summt.

„Hallo, Herr Hauser, äh´ Bernd (ich darf unseren Abgeordneten duzen), einen Augenblick bitte."

Schreibe mir den vollständigen Namen *Abdul Souleyman* auf ein Post-it und reiche die Dokumente zurück an Abdul. „Ich werde sehen, was ich für Sie tun kann", stehe auf und gebe ihm die Hand. Abdul nickt, seine schwarzen Locken fallen ihm dabei vor die Stirn. Er ist schon etwas ruhiger, wie mir scheint. Abdul dreht sich um und verlässt gemeinsam mit Scheurike mein Büro.

„Entschuldigung, Bernd, hatte gerade noch Besuch. Also, so geht es nicht weiter. Unsere Arche ist voll, da geht nix mehr, Bernd! Tut bitte alles in Berlin dafür, dass sich die Flüchtlinge gefahrlos und geregelt auf den Weg machen, die bei uns bleiben und arbeiten können. Verhindert vor allem das Sterben im Mittelmeer!"

Als ich das sage, kommt mir meine Großmutter Ella, vertrieben und geflohen aus Ostpreußen, in den Sinn. In meiner Erinnerung sitze bei ihr auf dem Schoß. Sie streichelt über meinen Kopf und schaut mich mit ihren wachen, leuchtenden Augen unter ihrem grauen Dutt an: „Im Kriech sin de Minsche keene Minsche!"

„Hallo Maria, bist du noch da?"

„Sorry, war grad abgelenkt!"

„Wir werden uns von mehr Humanität und Ordnung in der Migrationspolitik leiten lassen." Ja, die *Ordnung*! Mein französischer Freund aus Schulzeiten sprach das Wort immer spaßeshalber Hortung aus.

„Bernd, setz dich ein für uns! Wir sind voll!"

„Tschüss Maria, bis nächste Woche. Da bin ich wieder in der Heimat!"

Ich stehe auf und schaue aus dem Fenster. Die noch strahlende Sonne verschwindet langsam hinter dem Dollberg. Vielleicht werden dort mehr Plätze frei, wenn Menschen wie Abdul Arbeit und Wohnung finden. Meine Oma Ella, Abduls Mutter Eyla, beide verschwimmen zu einem Bild in meinem Kopf: „Mariellchen, bis 'n guddes Mädche!"

Zurück am Schreibtisch, zerreiße ich den Spickzettel. Brauch keine vorformulierte Rede mehr. Ich weiß jetzt, was ich morgen auf der Sitzung erzählen werde!

Sie leben unter uns

Julia Materna

Sie hausen unter der Erde, in ihrem eigenen Reich. Neben uns und doch weit aus unserem Blickfeld. Niemand kümmert sich darum. Die Meisten glauben noch nicht mal an ihre Existenz, dabei leben sie nicht so unauffällig wie alle denken. Es kann oder will nur keiner die Geschehnisse richtig deuten. Jemand verschwindet auf unerklärliche Weise? Etwas wird aus dem Haus geklaut, dabei findet die Polizei keine Einbruchsspuren? Alle Dinge, die für Menschengedanken unerklärlich sind, werden als Mysterium, welches von einem Mitmenschen erschaffen wurde, betrachtet. Dabei ist es der Verdienst von *ihnen*. Den Bewohnern unter der Erde.

Früher, als die Menschen noch nicht so versessen von Wissenschaften waren und an das Übernatürliche glaubten, hatten sie es deutlich schwieriger mit ihren Taten Erfolge zu erzielen. Es wurden Geschichten über sie erzählt und Abwehrmethoden erschaffen. Einmal im Jahr öffnet sich das Tor zur Parallelwelt und das war Ihre Chance.

Dann krochen sie aus ihrer Welt unter der Erde, die ihnen vor Jahrtausenden zugewiesen wurde, an die Oberfläche. Sie wollten Rache für all die Ungerechtigkeiten die ihnen in ihren vorherigen Leben geschehen waren. Die Dunkelheit war immer auf ihrer Seite in diesen besonderen Nächten. Die Menschen hatten dieser Nacht irgendwann den Namen *Samhain* gegeben. Das gefiel den Bewohnern unter der Erde. Der Name hatte etwas ungemein Seriöses und gab ihnen das Gefühl, von den Erdbewohnern ernst genommen zu werden. Ein Fest für die Seelen der Verstorbenen, denn das war es tatsächlich geworden.

Auf einer Insel irgendwo im Ozean, weit entfernt von den großen Städten und dem Trubel von Menschenmassen, lag ein kleines Dorf. Eingeschlossen von einem tiefen Wald auf der einen und dem Meer auf der anderen Seite. Die Menschen dieses Dorfes versuchten mit Opfern die Seelen der Geister wohlgesinnt zu stimmen, sie warfen die Knochen von Tieren in ein großes Feuer, welches auf dem Marktplatz entzündet wurde. Die ganze Bewohnerschaft traf sich bei Sonnenuntergang um das Feuer herum. Sie trugen furchteinflößende Masken oder hatten ihre Gesichter mit bösen Fratzen bemalt. Jeder hatte die letzten Monate über die Knochen der Tiere, welche sie für ihre Mahlzeiten erlegt hatten, gesammelt und nun warf jede Familie nacheinander ihre Opfergabe ins Feuer. Je mehr, desto besser. So versuchten sie die Geister friedlich zu stimmen. Jedes Familienmitglied, selbst die

Kleinsten warfen Knochen ins Feuer. Dann wurde laut und wild gesungen und getanzt. Sie gaben alles, um den Wesen aus der Unterwelt vorzutäuschen, dass sie keine Menschen waren. Sie hofften darauf, dass sie als eine von ihnen verwechselt wurden und somit verschont blieben.

Niemand hatte vergessen, was mit Ciarán vor Jahrzehnten geschehen war. Ciarán, der sich geweigert hatte mitzumachen, weil er davon überzeugt war, ein guter Mensch zu sein und deshalb nichts vor seinen Urahnen befürchten zu müssen. Wie sehr er sich doch getäuscht hatte.

Nach der Zeremonie, als gerade alle auf dem Weg zurück in ihre Häuser waren, die Sonne ging schon langsam am Horizont auf, wurde er einfach mitgenommen. Im Schatten des Waldes, zu dem die Sonnenstrahlen noch nicht vorgedrungen waren, wurde er von zwei Elfen einfach ins Erdreich hinabgezogen und nie mehr gesehen. Zwei seiner Nachbarn hatten es beobachtet und waren nie mehr dieselben.

Doch Banshee, eine der mächtigsten Bewohner der Unterwelt, ließ sich von den Festivitäten nur selten beeindrucken. Sie erschien den Menschen, um einen bevorstehenden Tod in der Familie anzukündigen. Totenbleich und ganz in weiß gekleidet stand sie vor den Fenstern der Familie, die am Rand des Dorfes wohnten. Jede Familie hatte ihre eigenen Banshee, doch diese Banshee, die an jenem Tag am Dorfrand ihr Unwesen trieb, hatte schwarze Haare, die im Wind wehten, der vom Meer über die Insel fegte und sah mit ihren glutroten Augen in die Zimmer der nichtsahnenden Erdbewohner. Sie hatte gewartet, bis sie etwas früher als die anderen vom Fest zurück gelaufen kamen. Nun begann sie zu weinen, ein schrecklicher Ton, der sich fast wie der Tod persönlich anhörte. Laut klagend und kreischend blieb sie dort stehen, bis sie endlich die Aufmerksamkeit erhielt, die sie auch verdiente. Viele wurden von diesem Anblick wahnsinnig und begleiteten die zum Tode geweihten Verwandten bald ins Totenreich, in dem ihre Seelen bereits von Banshee empfangen wurden. Als die Frau des Hauses in die Küche kam erblickte sie die schaurige Gestalt vor ihrem Fenster und erstarrte. Sie hörte ihr wehleidiges Klagen und das Blut gefror ihr in den Adern. Ihre Augen sahen wie hypnotisiert in die roten Augen der Banshee und sie vergaß, dass sie eigentlich in den vier Wänden ihres eigenen Hauses stand. Sie hatte das Gefühl über einen Wald zu fliegen, in einem Tempo welcher ihr den Atem raubte. Plötzlich stürzte sie ab und fiel mehrere Meter dem Boden entgegen. Sie wusste, dass sie ungebremst auf dem Boden aufschlagen würde, sie wusste, dass ihr Ende gekommen war.

Doch als sie eigentlich auf dem Boden aufschlagen sollte, wurde sie von ihm einfach aufgesogen. Sie war unter der Erdoberfläche und ihr Mund, ihre Nase, ihre Ohren, alles füllte sich mit Schlamm. Sie bekam keine Luft mehr, trotzdem konnte sie sich nicht gegen den Reflex zu Atmen wehren und der Schlamm kroch ihr bis in die Lungen. Plötzlich tauchte ein Junge vor ihr auf, sie konnte ihn trotz ihrer misslichen Lage sehen. Er fiel über ihr durch die Luft und krachte neben ihr nieder. Jetzt erkannte sie, dass sie in einem Moor gelandet war und der Junge, der vom Himmel fiel, wie sie begann darin zu versinken. Gerade als alles um sie herum begann schwarz zu werden, wurde sie wieder an die Oberfläche gerissen und flog abermals durch die Luft.

Schwer atmend und verängstigt fand sie sich in ihrer Küche wieder. Sie kannte diesen Jungen, kam es ihr mit einem Mal in den Kopf.

Und auch Reisende, wer auch immer diese Nacht zum unvorsichtigen Umherreisen nutzen wollte, sahen sich des Öfteren einem Wesen aus der Unterwelt gegenüber. Einem schwarzen, mit Ketten behangenem Pferd. Pooka war keine angenehme Erscheinung, die im Wald der an das Dorf grenzte, umherirrte. Unvorsichtige Reisende und auch Kinder, deren Eltern so unverantwortlich waren sie auf den Feldern und im Wald nach Sonnenuntergang spielen zu lassen, lud er gerne auf einen Ritt ein. Auf seinem Rücken durchstreiften sie Wälder, sprangen über Stock und Stein und fühlten sich frei und unbeschwert. Doch ein Ritt auf Pooka endete selten gut. Wenn Pooka eine passende Stelle gefunden hatte und keine Lust mehr auf seinen Reiter verspürte, warf er ihn kurzerhand ab. Im Moor saßen die armen Reisenden und Kinder dann und wurden vor Angst verrückt, während Pooka spurlos verschwand.

Doch beherrschte Pooka als einer der wenigen die Sprache der Menschen. Unter besonderen Umständen und wenn ihm jemand in der Samhain-Nacht besonders sympathisch erschien, konnte er sie vor Unheil bewahren. Doch da man nie sicher sein konnte, mit welchen Vorsätzen sich Pooka näherte, glich dies einem Glücksspiel, welches die meisten verloren.

So ergriff Kinnon seine Chance in dieser Nacht und näherte sich Pooka, als er ihn am Waldessrand erspäht hatte. Vorsichtig und respektvoll wollte er die Situation zu seinem Wohl nutzen. Doch kaum stand er in der unmittelbaren Nähe von Pooka, spürte er den unbändigen Wunsch aufzusitzen und eine Runde zu reiten. Es würde schon nichts passieren und reden konnten sie danach noch immer. Als Kinnon aufsaß fühlte er sich so frei und von allem alltäglichen losgelöst, dass er sicher war, die richtige Entscheidung getroffen zu haben. Der Sternenhimmel raste über ihm hinweg und die

Blätter rauschten, als sängen sie ein Lied als er an ihnen vorbeiritt. Doch plötzlich blieb Pooka mit einem Ruck stehen, Kinnon verlor das Gleichgewicht und flog über den Kopf des Pferdes ins Moor. Schatten huschten um ihn herum und ein gruseliger Singsang ertönte von überall her. Das Moor schien zum Leben zu erwachen und dort blieb er vor Panik gelähmt liegen, bis er merkte, wie er immer schwerer wurde und das Moor ihn zu verschlingen begann. Währenddessen trat Banshee ans Fenster seiner Familie.

Weststrand

Birgit Regge

David hatte die Aufgabenstellung erläutert, dann waren die Workshopteilnehmer mit ihren Kameras am Strand ausgeschwärmt; alle mit dem fotografischen Blick auf der Suche nach dem perfekten Motiv.

Vor Sarah lag die Ostsee mit ihrem unendlich weiten Horizont. Die Wellen brandeten mit weißer Gischt an den Strand. Sie zog den Reißverschluss ihrer Jacke hoch und die Mütze über die Ohren. Es war kühl geworden. In einer Stunde würde die Sonne untergehen. Das Zeitfenster war kurz, um die perfekte Stimmung der blauen Stunde einzufangen.

Sie montierte die Kamera auf das Stativ und schaute durch den Sucher. Dabei sah sie, wie zwei Personen im Darßer Urwald verschwanden, der direkt an den Weststrand grenzte. Die beiden, der schwule Petric und die vorwitzige Marisa, steckten schon wieder zusammen. Sarah schoss Aufnahmen von Treibgut, das wie kleine Kunstwerke angespült worden war, dann folgte sie den beiden.

Schon nach wenigen Metern hatten die Windflüchter Sarah verschluckt. Diese knorrigen Kiefern hatten in der Dämmerung etwas Dämonisches. Es beschlich sie das Gefühl, die Bäume beobachteten sie. Bei dem Gedanken daran fröstelte sie. Sie stapfte weiter in den Wald hinein. Der Pfad war mühsam, denn hin und wieder hatte sich Sand seinen Weg in das Gehölz gebahnt. Wo waren nur Petric und Marisa? Bislang hatte sie die beiden nicht entdeckt. Allzu weit konnten sie nicht sein, es hatte geheißen, man solle in Strandnähe bleiben. Sarah blieb stehen, um zu verschnaufen und sich zu orientieren. Da knackte es hinter ihr. Sie drehte sie sich langsam um. Sie erahnte einen dunklen Schatten, dann spürte sie ein dumpfes *Klong* auf ihrem Kopf. Dann war alles schwarz.

Vom Strand war Davids Trillerpfeife ertönt, das Signal, sich wieder zu sammeln. Von allen Seiten strömten die Teilnehmer zurück, im Gepäck jede Menge außergewöhnlicher Momentaufnahmen. Der Weststrand von Prerow gehörte zu den zehn schönsten Stränden der Welt. Zufrieden saß die Gruppe am Strand, es wurde Tee gereicht. Enthusiastisch, mit glänzenden Augen, diskutierten sie über Blenden, Brennweite, Belichtungszeiten.

„Wir sollten uns langsam auf den Rückweg machen, es liegen noch 5 Kilometer vor uns", mahnte David. „Wo sind denn Sarah und Marisa?"

„Die beiden sind bestimmt für kleine Mädchen im Gebüsch", lachte Petric.

„Bist du sicher?" David schaute ihn skeptisch an. „Wo hast du die beiden zuletzt gesehen?", hakte er nach.

„Marisa und ich hatten am Waldrand Richtung Ostsee unsere Stative aufgebaut und Aufnahmen gemacht. Irgendwann stieß Sarah zu uns. Als wir deine Trillerpfeife hörten, habe ich mich wieder auf den Weg gemacht. Marisa und Sarah wollten noch ein paar Aufnahmen machen und dann noch für kleine Mädchen. Sie meinten, sie kämen dann nach, wir könnten schon losgehen."

David wählte die Handynummern der beiden Mädels, doch die Handys schienen ausgeschaltet zu sein. Er runzelte die Stirn. „Das gefällt mir gar nicht. Wir hatten klar ausgemacht, keine Alleingänge und immer erreichbar bleiben, verdammt!"

„Hey, die beiden sind schon erwachsen und können gut auf sich alleine aufpassen", meinte Petric und stupste David aufmunternd in die Seite.

„Also gut, wir packen jetzt zusammen und machen uns auf dem Weg. Habt ihr alle eure Stirnlampen parat? Wir werden auf dem Weg immer wieder nach den beiden rufen, vielleicht finden wir sie doch noch." David verstaute seine Ausrüstung und schulterte den Rucksack. „Auf geht´s, Leute. Und zusammenbleiben, ich habe keine Lust, noch mehr von euch zu verlieren. Jeder achtet auf den anderen, habt ihr verstanden?" Fünf Stirnlampen nickten zustimmend.

Wie Glühwürmchen tanzten die Lichter durch den Wald. Schweigend marschierten sie hintereinander, alle waren vermummt, um den Stechmücken, die nun in der endenden Dämmerung hervor schwärmten, so wenig Angriffsfläche wie möglich zu bieten. In regelmäßigen Abständen blieben sie stehen und riefen nach den beiden Frauen, doch es kam keine Antwort.

„Hey Leute, seht mal, die zwei haben hier eine Biopause gemacht und sind bestimmt schon am Parkplatz." Petric leuchtete mit der Stirnlampe auf weggeworfene Taschentücher. Die Mütze, die im Farn lag, erwähnte er nicht.

Nach anderthalb Stunden waren sie wieder am Parkplatz angelangt. Von Marisa und Sarah fehlte jede Spur.

David wählte erneut die Handynummern. Es klingelte. Dann sprang bei beiden Nummern die Mailbox an.

Er hinterließ jeweils eine Nachricht mit der Bitte um kurze Bestätigung, dass sie wohlauf seien. Sie verstauten ihre Ausrüstungen in den Autos und verabredeten sich für den nächsten Morgen zur Abschlussbesprechung im *Moby Dick*.

Beim letzten gemeinsamen Frühstück fehlten Marisa und Sarah erneut. David berichtete, dass er von Marisa und Sarah spät in der Nacht noch per

SMS ein *Daumen oben Smiley* erhalten hatte. Vermutlich hatten die Mädels heute Morgen verschlafen nach der anstrengenden nächtlichen Exkursion.

Ein letztes Mal gingen sie alle zusammen auf die Seebrücke. Etwas wehmütig, aber glücklich erfüllt von den Natureindrücken, nahmen sie Abschied. Petric bot sich an, ein Gruppenfoto zu machen. Dass er auf dem Bild fehlte, fiel allen erst zu Hause auf.

2 Wochen später

Schlagzeile in der Ostseezeitung:

Zwei Frauenleichen im Darßer Wald von Spaziergängern entdeckt, Identität bislang unbekannt.

Autorenvorstellung

 **Raffaella Elia**, Jahrgang 1971, fand die Schriftzeichen sofort faszinierend, als sie Lesen und Schreiben gelernt hat. Am Anfang waren es Tagebucheinträge, Berichte über Museumbesuche und lange Briefe an Freundinnen, danach wurden es kurze und lange Erzählungen. Seit einigen Jahren arbeitet sie an einem Roman, den sie im Moment in Tagebuchform neu schreibt. Schreiben tut ihr gut.

Sie liest sehr gerne, hauptsächlich historische und Kriminalromane.

Seit 20 Jahren wohnt sie in einer süddeutschen kleinen Stadt am Neckar, Besigheim, und arbeitet BAMF-Dozentin in Integrationskursen im Bereich Alphabetisierung und Beruf.

Daniela Hauer, geb. 1984 in Unterfranken, lebt und liebt mit Partner, Hund und Katze in der bayrischen Rhön. Abtauchen in die Welt der Geschichten und eintauchen in die Magie der Worte faszinieren sie seit Kindheitstagen. Ihrer blühenden Fantasie und dem guten Sprachgefühl verleiht sie in den Werken aus dem Kurs „Kreatives Schreiben" Ausdruck. Sie hofft, damit die Leser*Innen auf unterhaltsame Weise zu inspirieren.

Margit Jahrstorfer, Jahrgang 1955, lebt in einer Kleinstadt im Bayerischen Wald. Schon als Kind war sie ein Bücherwurm und das ist bis heute so geblieben. Irgendwann trat der Gedanke in den Vordergrund, selber literarische Texte zu schreiben. Für ihre mittlerweile erwachsenen Kinder erfand sie Gedichte und Geschichten, woraus ein Gedichtband in niederbayerischer Mundart entstand. Nun sind die längeren Texte dran.

Was **Paul Koglin**, Rheinländer und wohnhaft in Dormagen, während der Schul- und Studentenzeit begonnen hat, kann er jetzt im Ruhestand fortsetzen: die Beschäftigung mit Literatur und das Verfassen von eigenen Geschichten und Gedichten.

Ein gutgeschriebenes Buch zu lesen ist für ihn wie Schokolade zu essen. Es macht glücklich und kann für bereichernde Nebenwirkungen sorgen - ganz ohne Kalorien!

Besonders gerne befasst er sich in seinen Geschichten mit dem gesellschaftspolitischen Zeitgeschehen und greift auch historische Themen auf.

 **Julia Materna** wurde im Januar 2001 geboren. Nach erfolgreich abgeschlossener Ausbildung zur Medienkauffrau folgte ein längerer Aufenthalt in Irland, welcher ihr viele Inspirationen für ihre Geschichten gab. Sie gewann bereits den Preis der Schülerjury beim 31. Erzählwettbewerb der Julius-Springer-Schule Heidelberg mit einer ihrer Kurzgeschichten.

Sie ist begeisterte Leserin von Romanen und hat es sich zum Ziel gesetzt, selbst einen zu veröffentlichen.

Birgit Regge, Jahrgang 1968, lebt in Tuttlingen, Baden-Württemberg.

2015 hat sie ihre Liebe zum Schreiben entdeckt und experimentiert seither gerne mit den verschiedenen Genres. Sie hat eine Vorliebe für Krimis, reist gerne nach Frankreich und fängt mit ihrem Fotoapparat Stimmungen ein.

Notizbuch und Stift sind ihre ständigen Begleiter, wenn spontane Einfälle, Situationen oder Ideen festgehalten werden wollen. Ihr aktuelles Projekt ist ein Kurzgeschichten-Sammelband.

Thomas Opfermann (Hrsg.), geboren 1975 in Stolberg/Rheinland, Diplom-Kaufmann, Studium der Kulturwissenschaften (Literaturgeschichte und Philosophie) verfasst neben seiner beruflichen Tätigkeit als Dozent (Betriebswirtschaftslehre und Literatur) Haikus und Kurzgeschichten; Ausrichter von literarischen Workshops und Seminaren, Redaktionsmitglied der Zeitschrift „Sommergras", Mitglied der Deutschen Haiku-Gesellschaft; diverse Veröffentlichungen eigener Haikus und Kurzgeschichten in Anthologien sowie Herausgeber von literarischen Anthologien.